Lb 48.1650.

AF314879

Lb 48.1650.

BROCHURE

SANS TITRE.

PRIX, 3o CENTIMES.

PARIS,

Chez CORRÉARD, libraire, Palais-Royal, galerie de bois.

3 juin 1820.

BROCHURE

SANS TITRE.

I.

Ce qui s'est passé hier à la sortie de M. Chauvelin de la chambre des députés mérite la plus sérieuse attention de la part de nos ministres, et doit être pour eux un dernier avertissement, s'ils ont vraiment l'intention de sauver le trône et la liberté. Reprenons les choses d'un peu plus haut.

On a lu dans les journaux, et surtout dans les journaux monarchiques, qui paraissent avoir conservé le monopole de la liberté, les détails de l'accueil que le public a fait à M. Chauvelin, le jour où cet honorable député, surmontant les souffrances d'une douloureuse maladie, est venu assurer au parti national un succès parlementaire, hélas bien illusoire, grâce aux puissans argumens qui ont été mis en œuvre depuis cette mémorable séance, pour opérer sur les persuasions difficiles.

Voici comment s'exprimait à cet égard un journal libéral, dont la censure a réprimé la hardiesse :

« On perdrait beaucoup de temps si l'on voulait réfuter toutes les insinuations odieuses que se permet impunément un parti enivré de son succès passager. La *Gazette de France* parle de *Lettres anonymes très-significatives* adressées, dit-elle, par un parti à plusieurs députés du centre, pour les forcer à voter d'une certaine manière. Nous croirons volontiers que des députés du centre ont reçu dans les dernières 48 heures des *Lettres très-significatives ;* mais nous ne pensons pas qu'elles aient été sans signature. »

La censure, en supprimant cet article, a peut-être jeté quelques lumières sur la nature des argumens que l'on attribue au ministère, j'en laisse juges mes lecteurs. Quoi qu'il en soit de ces argumens et de leur réussite, l'acte patriotique de M. Chauvelin ne perd rien de son prix.

Les écrivains monarchiques ne l'ont pas jugé aussi favorablement que le public, et tout le monde a jugé par leurs récits combien ils étaient courroucés contre une popularité méritée, et dont le héros avait manqué de faire perdre à la faction le fruit de tant de violence, de bassesses et de perfidies. La censure, qui n'a pas démenti un seul instant les promesses monarchiques de M. Pasquier, a montré dans cette occasion le zèle qui la dévore pour le soutien de la bonne cause. Après avoir permis aux journaux de la contre-révolution d'insulter grossièrement l'honorable M. Chauvelin, elle a supprimé dans une feuille patriotique l'article suivant :

« Nous remarquons avec plaisir que le public prend le plus vif intérêt à là conservation des institutions existantes une foule immense était groupée hier aux avenues du palais Bourbon ; M. Chauvelin a été accueilli à la sortie de la séance par les cris de *vive Chauvelin !* Un journal ultrà représente ce vif intérêt comme un mouvement ré-volutionnaire. Il faut féliciter au contraire le peuple de montrer autant d'esprit public. L'intérêt qu'il prend aux affaires nationales serait bien plus vif, si en France il exis-tait comme en Angleterre, aux Etats-Unis, en Allemagne, des feuilles politiques uniquement destinées à mettre toutes les discussions à sa portée ; et si l'on suivait chez nous l'exemple donné récemment par le gouvernement espagnol qui a ordonné que la constitution fût expliquée au peuple et à l'armée, dans les villes et dans les villages. »

Ces applaudissemens prodigués au député patriote , et la partialité révoltante des agens du ministère n'étaient que les préludes de la scène d'hier où l'opinion publique débarrassée des chaînes ridicules que le comité des douze prétend lui faire porter, s'est manifestée d'une manière à la fois respectueuse pour le trône , mais, il faut en con-venir, menaçante pour l'oligarchie. Au moment où M. de Chauvelin, porté à bras , venait d'être placé dans sa voi-ture après la séance de la chambre, huit ou dix jeunes gens armés de cannes, qui paraissaient être des militaires en habit bourgeois, se sont approchés de la voiture du député national, en criant d'un ton affecté et désobligeant, *vive le roi ! à bas les révolutionnaires !* On assure que ces im-prudens avaient le bâton levé et le regard menaçant. Les assistans placés sur les degrés qui conduisent au péristyle de la chambre, croyant, sans doute à tort, que la sûreté de M. Chauvelin était compromise , se sont avancés précipitamment, et dans un instant plus de quinze cents personnes, dit-on, ont entouré le député et ses agresseurs.

On prétend qu'au même instant M. de Corcelles, fendant la presse, est accouru au secours de son collègue, qu'il croyait en danger, et que dans la vivacité de sa course, ou même peut-être au milieu de ce qu'il faut bien nommer une *mêlée*, son caractère de député n'a pas été respecté. Les jeunes gens qui semblaient vouloir faire des cris de *vive le roi!* une véritable provocation, ont trouvé d'autres jeunes gens pleins de fierté et de patriotisme, qui leur ont immédiatement répondu, comme à Rennes, comme à Grenoble, comme, dans les mêmes circonstances, on le fera par toute la France, par les cris de *vive la Charte! vive la liberté! vive la nation!* et ces cris divers ont été suivis de quelques voies de fait.

De la troupe de ligne, de la garde nationale sont arrivées pour arrêter le désordre et protéger le caractère de nos représentans. Aussitôt le cri de *vive le roi!* a recommencé à se faire entendre dans certains groupes, et les groupes opposés y ont répondu par celui de *vive la Charte!* On a remarqué que des hommes qui voulaient faire proférer à la garde nationale le cri exclusif de *vive le roi!* ont reçu pour réponse le cri de VIVE LE ROI ET LA CHARTE !

Cependant, la foule qui suivait M. Chauvelin, a pris la direction du Quai d'Orsay, en répétant ses *vivat* opposés, et plusieurs groupes sont allés jusque sous les fenêtres du château des Tuileries, pour porter à notre auguste monarque, l'expression des vœux de toute la France, en criant à différentes reprises, *vive la Charte ! point de lois d'exception !*

Voilà les faits tels qu'une foule de témoins oculaires les

ont rapportés. Il en resulte , que des députés ont été insultés par des hommes qui ont pris pour signe de ralliement , le cri de *vive le roi !* , et défendus par d'autres hommes qui se sont rangés sous les bannières de la Charte. Les scènes de Rennes , de Grenoble , de Lyon et de Paris , auraient par elles-mêmes peu d'importance , si elles n'avaient pas appris aux partis à se distinguer par un cri de ralliement, à se ranger sous deux étendarts , à se reconnaître par deux symboles que les passions rendent exclusifs, et qui établiraient dans les esprits une guerre réelle entre le trône et la liberté. Que les ministres y réfléchissent sérieusement , et ne s'imaginent pas que les dénégations du *Journal de Paris* , et les injures du *Drapeau Blanc* , changent la nature de ce qui est , ou abuse un seul instant la nation sur la réalité des faits.

II.

Plusieurs journaux tels que, la *Quotidienne*, la *Gazette* et le *Drapeau blanc* ont trouvé mauvais que le public ait témoigné sa satisfaction envers l'honorable député qui ne pouvant se rendre à son poste à cause des souffrances cruelles qui l'affligent , s'est fait transporter à la chambre pour servir la cause qui le compte au rang de ses plus zélés défenseurs. De bons Français sensibles au courage civil comme au courage militaire, se sont empressés de lui rendre un hommage mérité en l'accueillant par des *vivat* et des *bravo* prolongés ; ces démonstrations ont eu le malheur de déplaire à certains hommes qui se sont accoutumés à mépriser le blâme et la louange de l'opinion , dont le stoïcisme aurait lieu de nous étonner si l'on ne savait pas que le motif de cette indifférence n'est autre chose qu'un égoïsme calculé. Ces *honnêtes gens* qui tous les jours découvrent de nouvelles conspirations qu'ils vont ramasser jusque dans les égouts, ont vu un acte séditieux et inconstitutionnel dans la conduite de quelques citoyens qui ont eu l'audace d'exprimer leur reconnaissance à un député du côté gauche. Cela ne doit étonner personne puisque la *Quotidienne* et consorts avaient appelé *inconvenans* les cris de *vive la charte*, qu'un fils de France a entendu retentir partout sur sa route. Il est vrai que si maintenant on s'avisait de crier *vive la charte*, le moment serait fort mal choisi, et ce cri serait tout au moins inutile, s'il n'était pas dangereux.

Les ultrà deviennent de plus en plus susceptibles, depuis qu'ils se croient assurés d'obtenir un triomphe qu'ils pourchassent depuis si long-temps. L'honorable général Foy a été interrompu à diverses reprises dans son dernier discours; on a demandé le rappel à l'ordre sous prétexte qu'il avait calomnié la chambre de 1815, cette chambre *introuvable*, qui, selon M. de Corbière, n'a rien fait qu'elle n'ait dû faire et qu'elle ne fît encore. On a prétendu qu'il désignait aux poignards la majorité de cette chambre éminemment monarchique, que le roi crut devoir dissoudre pour la sûreté du royaume. Ce ne sont point des récriminations contre la chambre de 1815 que le général Foy n'a pas nommé, que je sache, qui ont excité l'humeur irritable du côté droit; je crois plutôt que le grand courroux qu'ils ont fait éclater contre l'orateur de la gauche, provenait de ce qu'il avait eu la malice de mettre à nu leurs intentions et leurs projets, en lisant un écrit de M. le vicomte de Chateaubriand qui, pour me servir de l'expression du guerrier citoyen, est la lumière du parti.

Le côté droit se trouvait dans une position difficile; il n'est pas encore temps d'avouer les réformations qu'il prépare à notre système de gouvernement, et cependant, il n'osait pas récuser l'opinion du noble pair dont les idées sont autant d'oracles. Le bon M. de Marcellus, qui n'a pas appris à dissimuler, s'écriait naïvement à la fin de chaque phrase de l'article cité par M. le général Foy : *C'est bien cela, parbleu ! c'est ce que nous voulons.* Je crois que si l'auteur de cet article avait proposé de casser les chambres et de les remplacer par les parlemens comme c'était autrefois, le bon M. de Marcellus aurait dit : *C'est encore mieux, j'attendais cela depuis trente ans,* et sur ce, il n'aurait pas manqué d'entonner le *nunc dimittis servum,* etc. J'ignore, par exemple, si M. Siméon aurait chanté le second verset du psalmiste.

Un journal oligarchique nous apprend, que lorsque le résultat du scrutin sur l'amendement de M. Camille Jordan a été connu, une consternation subite s'est répandue parmi les citoyens qui remplissaient les tribunes publiques, et qui s'est communiquée au-dehors parmi les *radicaux* qui attendaient autour de l'enceinte du Palais Bourbon, l'issue de cette mémorable séance. L'honnête Gazetier, selon sa louable habitude, appelle *radicaux*, des citoyens qui demandent le maintien d'une loi qui restreint le droit de voter entre les mains de 80000 propriétaires ou négocians ; c'est trop abuser des choses et des mots. Quoiqu'il en soit, le mot de *radical* ne fera fortune en France, que parmi les ultrà, puisqu'il est d'origine anglaise : on sait quel faible ont les hommes d'un certain parti, pour tout ce qui n'est pas français.

La discussion qui occupe encore notre chambre législative, était destinée à faire briller d'un nouvel éclat des talens déjà connus, et à en faire éclore d'autres qu'on n'avait pas soupçonnés jusqu'à présent. Les journaux de différentes couleurs, n'ont pas manqué de faire ressortir, chacun dans leur sens, le mérite des discours qui ont été prononcés de part et d'autre. Je ne sais par quelle fatalité on n'a point parlé du discours de monsieur le ministre de la marine. Je m'empresse de réparer cet oubli, sans doute involontaire, avec d'autant plus de plaisir, que je ne trouverai peut-être plus l'occasion de parler des talens oratoires de monsieur le baron Portal. Je dois déclarer qu'il a étonné l'assemblée en montant à la tribune; car, on ne s'attendait point à l'entendre parler. Après une discussion neuve, lumineuse et profonde sur la nouvelle loi, il a terminé sa péroraison en s'élevant contre cette manière de raisonner qui tourmente les hommes de ce siècle. Il est aisé de voir que M. Portal s'est garantie de la contagion générale. Il a prétendu que la logique n'est bonne à rien, et que les débats des chambres ressemblaient à ceux qui avaient lieu jadis parmi les Grecs du bas empire. Apparemment, l'honorable ministre et député a pris notre assemblée législative pour un concile, et il n'a pas mieux compris les principes du droit public, que des questions de théologie. Il a conclu enfin, en citant une sentence d'un homme célèbre à qui M. Portal a l'obligation d'être baron et conseiller d'état. On dit que la fameuse académie de Montauban doit lui envoyer une couronne de chêne et de laurier pour lui témoigner l'admiration et la reconnais-

sance du département qui l'a vu naître et qui l'a choisi
pour son représentant.

III.

La pièce suivante approuvée d'abord par une partie du
sacré collége, a été, dit-on, soumise à l'examen approfondi
d'un grand ministre qui en a décidé la suppression par le
tendre attachement qu'il porte à nos amis les Anglais. Ainsi
le comité de censure qu'il nous est ordonné de prendre
pour un tribunal indépendant, un vrai jury, éminemment
national, impartial sur-tout, n'est considéré par les étran-
gers que comme un bureau de police dont nos ministres
répondent à toutes les chancelleries de l'Europe.

ILE DE FRANCE.

(28 février.)

orre spondance particulière.

Le gouvernement anglais, maintenant possesseur de
notre île, vient de prendre une mesure qui attente essen-
tiellement aux droits de cette colonie, et que je ne dois
pas vous laisser ignorer.

Vers le commencement de ce mois, une adresse très-
énergique fut envoyée par les communes au gouverneur
anglais de l'île. Cette adresse, signée par MM. Saulnier,

président; Pigeon, membre de la commune de la Savanne, et Pitot, membre de la commune du Port-Louis, et secrétaire du conseil-général, contenait les passages suivans :

« Lorsque vous prîtes les rênes de l'administration de cette colonie, vainement essayâtes-vous d'étouffer notre voix accusatrice, vainement cherchâtes-vous à nous empêcher de porter nos justes plaintes contre votre prédécesseur aux pieds du prince auguste qui nous compte aujourd'hui parmi ses enfans. »

Nous connaissions dès lors le chemin du trône, nous ne l'avions pas oublié, et nous vous prouverons encore une fois, dans cette circonstance, que nous ne craignons pas de porter à la fois l'accusation et la défense devant le tribunal suprême où la voix du faible opprimé ne fut jamais étouffée par les clameurs de l'homme puissant. »

« Nous en appellerons aussi à notre nouvelle patrie, et nous demanderons que l'on nous apprenne enfin s'il suffit d'être colons pour être voués désormais à l'opprobre, aux vexations, à l'inimitié de tous ; nous demanderons si, lorsque l'immense majorité des habitans de cette île respecte et exécute les lois, le crime d'une poignée d'hommes qui s'y montrent rebelles, suffit pour nous mériter à tous l'indigation de notre souverain et la haine de nos compatriotes ; nous demanderons quel peut être le but de ces déclamations sans fin, de ces inculpations toujours renaissantes et toujours dénuées de preuves, lorsque jamais colonie ne s'est montrée plus fidèle, plus soumise et plus patiente sous le faix de malheurs plus grands et plus répétés. »

« Veut-on nous forcer de jeter en arrière de douloureux

regards , et nous arracher des cris de désespoir , qui apprennent au monde que sous tous les gouvernemens qui se sont succédés , sous celui même de la Convention de sanglante mémoire , nous étions plus heureux que nous ne le sommes sous le sceptre d'un monarque vénéré et chéri de tous ses sujets ? »

« Oui , vous nous contraignez à le dire , jamais population plus paisible et plus innocente ne fut abreuvée de plus d'outrages , ne fut exposée à plus de vexations , ne vit violer plus ouvertement les lois qui lui étaient conservées , ne fut soumise enfin à une autorité plus arbitraire et plus despotique , et cependant nous faisons partie de la nation la plus libre de la terre , la plus jalouse de ses droits. Nous sommes les compatriotes de ce peuple dont l'immortelle constitution est un objet d'admiration et d'envie pour le reste du monde. Au lieu d'acquérir de nouveaux droits en appartenant à la Grande-Bretagne , nous avons vu disparaître successivement les faibles barrières opposées à la tyrannie sous nos gouvernemens précédens. Il existait un contre-poids à l'autorité du chef de la colonie (*Art*, 5. *titre* 1ʳᵉ, *de l'organisation de la colonie*). Il n'en existe plus aujourd'hui et la volonté d'un seul homme peut tout , fait tout ici, sans restrictions et sans entraves; à mesure que nos moyens de fortune ont disparu , nos charges publiques arbitrairement imposées (*Art.* 17, *titre* 2ᵉ *de l'organisation de la colonie*) se sont accrues d'une manière intolérable , et nous fléchissons aujourd'hui sous des impôts décuplés , depuis le jour où notre île a changé de pavillon. Plusieurs branches d'industrie , naguère libres et exercées par tous , sont devenues des monopoles lucratifs pour quelques uns , mais écrasans pour la société. Le trésor colonial regorge de richesses , et la misère et le besoin sont dans toutes les familles ; l'or et l'argent ont disparu , et des valeurs fictives ou des monnaies étrangères, que l'on nous a forcés de recevoir au-dessus de leurs valeurs réelles, les ont remplacés. Les flammes ont ravagé la moitié de la ville et la majeure partie des terrains réunis au domaine n'ont point encore été payés aux malheureux propriétaires, dont ils sont devenus presque l'unique ressource. La tempête a joint ses ravages à ceux de l'incendie , et l'on nous a répété que nous étions plus heureux encore que nous ne le méritions. Trois fois des maladies pestilentielles apportées de l'extérieur et reçues dans la colonie avec une imprévoyance inexplicable, ont décimé nos familles et nos ateliers, et l'on n'a trouvé à nous dire pour nous consoler que des paroles envenimées de haine et de mépris.

« Il suffit de jeter les jeux sur notre conduite depuis que nous appartenons à l'Angleterre, pour se convaincre que nous n'avons pas voulu, comme votre lettre le donne à entendre, être le dernier à nous soumettre aux lois de l'*abolition* (de la traite des noirs), et que nous ne sommes point de ces hommes qui se consolent des crimes les plus hideux par le bénéfice qu'ils en retirent; etc. »

Voulez-vous savoir quelle réponse a été faite à un exposé aussi franc, aussi touchant ? Elle se trouve dans notre gazette en français et en anglais, et elle est conçue littéralement dans les termes suivans :

« La commune générale , assemblée le 14 du courant sous la présidence de M. Saulnier , ayant adressé une lettre au major général commandant, conçue en des termes sur lesquels un sentiment de décence et un respet pour le gouvernement de sa majesté empêchent toute remarque

dans cette occasion, il ne reste au major général qu'à or-
donner aux communes de ne plus s'assembler, soit séparé-
ment, soit collectivement, sans des ordres spéciaux à cet
effet. Au secrétariat général, Port-Louis, le 18 février 1820,
par ordre de G. A Barry, secrétaire en chef du gouvernement. »

Pour ne rien oublier, il faut que j'ajoute que l'adresse
de la commune générale a été provoquée par une déclara-
tion du gouverneur, qui attaquait l'honneur des habitans
Français de l'île. On y lisait ce passage : « C'est un fait cons-
tant qu'au moment où la colonie est en proie à un fléau
qui la ravage encore, les habitans dirigés par un empres-
sement qui tient du fanatisme, osent s'identifier avec des
misérables (marchands d'esclaves) couverts d'infamie par
l'abandon qu'ils ont fait de tout sentiment et de tout prin-
cipe de moralité. »

IMPRIMERIE DE MADAME JEUNEHOMME-CRÉMIÈRE,

RUE HAUTEFEUILLE, n° 20.

www.ingramcontent.com/pod-product-compliance
Lightning Source LLC
LaVergne TN
LVHW010054060726
842524LV00006B/2190